Manfred Krug 66 Gedichte, was soll das?

Bilder von Moritz Götze

Manfred Krug

66 Gedichte, was soll das?

Bilder von Moritz Götze

Econ

Der Tiger streift
dringlich
im Undurchdickicht.

Zwischen Mensch
und Gott.

Zwischen den drei Seen.

Triffst du ihn,
dann Gott treffen,
den Untrefflichen.

Der Botschafter hat daneben
getroffen.

Der Konsul kostete das Leben
ihn.
Ja, mein Gott.

Flugratten
in den Kopf rein.
Zum einen Ohr rein,
zum andern nicht raus.
Für immer
nicht.

Die Stiefel gewichst
für die Friedensparade.
Gedient mal wieder kernig.
Na, der Deutschen Kratschen Plik, Mann.
Daßdieheidewackelt.
Täterätä, Mann.
Na ich, Mann,
Genosse Karsten Bier,
und neben mir
Genosse Axel Schweiß.
Geile Bridgeshosenmatze,
Säbel geschultert,
im Stech,
Augen rech.
Und ab nach Hause. Umziehn.

In dem Gegenlicht
In dem Wasser
In den Wagenspuren
In dem Schlamm
In den Wolken
In dem Streifen:
Rot
Röte

Aus Birkengeäst
Die Koppel
Fern bei der Stadt
Ein menschenloses Derby
Wer jetzt kein Schuh hat

Wenn der Mensch weg ist,
und er geht,
wirst es sehen,
bleibt die Ratte.
Und kricht ihre Chance.
Die werden schlauer
als wir je gewesen sein werden.
Die werden nett miteinander sein.
Die werden Dessous schneidern
für ihre Mädels.
Die werden sich vergnügen,
die Rättinnen.
Es geht immer weiter,
nur ohne uns.

Leise Gänge
entlang und wieder entlang.
Die Bretterbilder
am Beton.
Vögel Unratgemälde machen.
Feige im Düstern ich.

Plötzlich gar nichts.
Oder auf einmal nur wenig.
Siehe doch,
es ist nichts.
Hörst du nichts?
Nichts fühlt sich an.
In den Wipfeln spürest du
nichts.

Dick ist gerade schön?
Schlank auch, aber dick auch?
Schlank weniger, dick mehr?
Schlank gar nicht, nur dick?

Neben den Schlanken
Gott machen auch
weltweit
die Dicken?
Die Speckbuletten?
Die Alabastermarzipanspeckschweine?
Die igitt Vollschlanken?

Aber das Zentralorgan
(Muschi / Piephahn)
nicht auffindbar
nach dem dritten
unter den Zentnern
der zusätzlichen Art.

Am richtigen Punkt
absetzen.
Ansetzen?

Wilderer schießen,
ein selbsttragendes Projekt,
ihresgleichen.

Das Biogas
zischt blähend los,
bläht los,
unschätzbar zwar,
nichts aber nutzig.

Die Behörden arbeiten
notdürftig,
Bewegung ereignet sich
kaum eine.

Der Mensch ist
auf freiem Fuß,
und sein Ende ist nicht
abzu.
Verdammt.
Was denn nun?

Bedürfnisarm ist das Nashorn.
Mensch und Menschin dagegen
nachgerade unerfreubar.

Machnabgangalbert.
Sonst fahr ich dir übers Maul
mit mein Auto.

Du siehst jetzt schon
scheiße aus.
Aber dann
siehst du total
toteflundermäßig aus.

Der Klügste gibt auf, Albert.

Alles gut gegangen.
Erst auf Rabatz aus,
gut gegangen.
Vertrauensdusel,
Ohrenschnecken,
nasse Höschen,
gut gegangen.
Schleimspekulanten
für die Rotzbremse.
Sodann die Hosenvöllerei.
Na und?

Die ganze Zeit doof, das isses doch.

Opa ist tot,
mehr nicht.
Wär er sowieso.

Zu doof zu begreifen,
daß wir es bleiben,
bleiben,
bleiben,
bleiben,
bleiben,
Plattehatnsprung.

PT

Pilotfilm:

Schwanzroboter
jagt Formel für
Reißverschluß für
V-2-A-Tanga für
Teflonmuschimaus, was
unter Brücke steht,
auf Hirnroboter
wartet.

2. Folge

Hirnroboter
in kugelsicherem
Auto zündet fern
Deinämeit im Pfeiler
der Brücke,
über die er selbst soeben.

Wahnsinn.
Straßenfeger.

Gullideckel liegen bleiben,
Laternen stehen bleiben.

Ratten abhauen.

Haben Ratten Angst,
dann abhauen.
Haben Nashörn Angst,
dann abhauen.
Löwe und Rennkuckuck, wenn haben Angst,
dann abhauen.
Wenn haben Menschen Angst,
dann abhauen.

Sind wie Ratten.

Ein Held,
das wollt ich immer sein,
ein Weiberheld.

Am liebsten
für jede Heldentat
gekrault kriegen.

Ist jetzt unmodern,
biste aut mit.
Keine Sau krault mehr.

Wenn ich falle, kleine Frau,
fall ich auf die Knie.
Ach, ich kenne dich genau,
du wohnst drunt in der Wachau
und heißt Melanie.

Die Juden haben so Kringel,
die sprechen ein Deitsch,
na danke.
Hütchen haben die
und Klarinettchen,
Rauschebärtchen.
Die Juden wollen jüdische Kinder.
Die Juden wippen sich da in was rein.
Fröhliche Jammerlieder haben die,
die Juden.
Wenn Thorafest ist,
tanzen sonstwo.
Die Juden hauchen in der Kälte.
Alle hassen die Juden.
Überall,
die Juden.
Wenn der Herbst da ist,
fliegen weg
die Juden.
Fehlen sodann.
Dir vielleicht nicht, Hauptfeld.

Kann man die Schönheit,
die Raffinesse
der Dunkelhäutigen
irgendwo besser erkennen
als im Spiel von Fats Waller
oder Ben Webster?
Und all denen?

Wem habe ich je mich
außer meiner Oma
näher gefühlt als Thelonious Monk,
der am Klavier
die Harmonien für »Schöner Gigolo«
zusammensucht
und sich genau mit den meinigen
zufriedengibt?

Wem
willst du dich näher fühlen
als Armstrong und Ella?

Und den Millionen,
denen du nicht begegnet bist?

Aber du,
göttlicher Olm,
läßt sie nicht
an dich ran.
Grad mal eine
Baseballschlägerlänge.

Sie will das Nilpferd nicht mehr haben,
das immer Blasentang verputzt.
Das Tier kann nur in Flüssen traben,
was einer Reiterin nicht nutzt.
Die eigne Kacke unverweilt
das Nilpferd mit dem Schwanz verteilt.
Dann riecht es ernst und schwer am Fluß
worunter jene Reitersfrau,
der ich das Tier einmal gekauft,
die sich seitdem die Haare rauft,
nur leiden muß.

Mord bleibt Mord.
Ich muß Sie verhaften.

Bitte nicht, Herr Kommissar.

Warum nicht?

Mein Mann war ein Scheusal,
wie gesagt.
Lieblos war der, Herr Kommissar.

Sieht friedlich aus,
wie er so daliegt.
Und ich?
Wie finden Sie mich?

Zeigen Sie mal, Herr Kommissar.
Ja. Nicht so lieblos.
Eh, Mann! Du!

Stöhn, ächz,
was ich hier mache...

Du machst es gut, Kommissar.

...war immer mein Traum,
stöhn, ächz,
ist jedoch Pflichtverletzung.
Das kann mich den
ääh, Wahnsinn,
Job kosten.

Lassen wir's drauf ankommen.
Hm? Süßer?

Jurek
Ogórek kiełbasa i sznurek,
einziger Freund,
nicht kennenlernbar.
Trockenes Auge,
härtester von allen
weichen Männern mir.
Holzherz.

Du bist jetzt weg.
Hast mir nicht gefehlt.
Bist jetzt der fehlendste
aller Menschen mir.

Auf bald?
Ach, das wär was.

Wieder in meinen Zuse
zurückknistern müßten
diese Worte,
gelöscht werden,
oder versteckt,
für immer.

Ich sterb nur einen Tod,
vielleicht am Morgen
leicht beim Abendessen.
Du pflückst mir eine letzte
nein, nicht Birne,
so sehr ich mich um dich auch stets bemüht habe,
zum Dank,
weil ich so zärtlich mit dir schmuste,
dort steht sie, bei der Mittagsackerkrume,
du reißt sie ab für mich, die letzte Puste
und bläst noch einmal
mit gespitzten Lippen
diese Schirmchen fort
von meiner Lieblings
von der Pusteblüte.

Meine Oma
war musikalisch
wie eine Pferderosette.
(Also nicht, quasi).

Hat sich ein Ohr nicht
abgeschnitten.

Aber Feelings, Feelings gehabt,
wie der Meister der Gelbheit,
dessen Blumen klingen
nach Fats oder Thelonious oder wem.

So hängt das alles
einfach zusammen.

Neue Wege **äh**,
alles Umwege.
Die Suche **ja** beendet
nach den geraden **äh**.
Zeit bringt **ein Stückweit** um
den **ja** Verstand.
Und **halt** um.

Von daher
Äh äh äh.
900 Jahre,
denk ich mal,
hat Martha nicht
Ja durchgezogen.
Die Zeit **halt äh**
ist **sag ich mal**
Sieger **oder**?
Mensch,
alte Eintagsfliege,
irgendwie
ein Stück weit.

Kein Reim
Kein Schleim
Kein Abgefeim

Kein Schlaf
Kein Schaf
Kein Rumgeschwaf

Kein Licht
Kein Dicht
Kein Abgeschwicht

Kein Bleib
Kein Schreib
Kein Schmuseweib

Du weißt doch,
Kunst ist
Weglassen.
Wenn du alles weggelassen hättest,
außer

Der Storch ist,
anundfürsich,
kein Koloniebrüter.
Der Storch ist nach
drei Jahren geschlechtsreif
(kleine Störche machen).
Zwölftausend Kilometer fliegen,
in Wilsnack landen.
Das Nest haben wir schon
gemacht ihm,
den Frosch
haben wir ihm
vor dem Schnabel
weggetrocknet.

Dann hättest du
ein Gedicht geschrieben,
oder was.

Aber weggelassen
hat Manfred.
Du nicht.

Mensch,
Maß aller Dinge,
eine Maß noch für Inge
und eine für mich,
für Fritz,
ihren Fähnerich.

In den Kopf
zwei Schüsse.
Diesen Charakter
aus dem Drama nehmen
schon wegen dem einen Schuß,
schon des einen Schusses wegen.
Schuß Nummer zwei,
ein Sicherheitsschuß
des Schießers.
Projektile ins Labor.

Was soll das?
Mit dem Doppeltrichter im Kopf,
leidet nur Mangel, der Mann.
Kann nur vergeßlich werden.
Bestenfalls.
Wenn überhaupt.
Nicht haltbar.
Glaubt keine Sau.
Ausnahmefälle?
Nee, jedenfalls nicht aktenkundig.
Keine Beschwerde
in der Erde, würde ich sagen.

Ach komm,
Vergewaltigung?
In dem Alter?
Wenn ich das schon höre.

Nein, nicht mal fürs Fernsehen.
Sowas nimmt man nicht.
Ab lehnt man das.

TOMATO
4
5
6
7
8
9
10
11
12
13
1
2

Der eine hat drei Leute erschossen,
hier lernst du Menschen kennen.
Weil er mal sehen wollte,
an anderen,
wie Sterben geht.

Einer hat sein Kind,
er wollte es nicht mehr,
in den Backofen geschoben.
hänselundgretelmäßig.

Einer hat ne Frau
erst überfahren und sie dann
während sie starb,
vergewaltigt.

Hier lernst du Menschen kennen.

Ich hab nur geschossen.
Einmal.
Ganz kurze Karriere.
Und den richtigen getroffen.
Weggeputzt.
Eine Minute das Ganze.
15 Jahre.

Die Laternen an,
noch zu früh.
Schon im Dämmer
die Rappen kaum bemerklich,
die Beine ihnen
zerschlagen,
blind wehrlos blutig.

Im Blattwerk,
mit klammen Fingern,
du, Junge,
das Schwarze unter den Nägeln.

Jacques Chirac,
schon die Eltern von dem.
Wenn die Deutsche gewesen wären,
der hätte Hans Zerschwanz geheißen,
oder Jens Gespens
oder Lutz Verputz.

Champagner ruhig
weitersaufen,
»Facques Chirac«.
Die kleinen Winzer
soll es doch nicht.
Den Bauern,
kleine Leute,
soll es doch nicht.

Die Jacke flattert über dem Popöchen,
der Wind verweht den präsidialen Pup.
Ein kleines Eiland, dieses Mururöchen,
so gut wie weggeputzt, auf einen Schub.

Die Visage von,
kuck,
siehst du?
»Facques Chirac«
wird immer mehr zur
ein Wort auslassen.

Soll er doch
das Zeug saufen,
Rotwein mit Käse und so.
Alles hingeschüttet,
kleiner Bauer,
vor den
wonnigen Élysée
»Facques Chirac«.

Du mit deinen Akten.
Ich war bei denen,
jawohl.
Weil ich,
einen Moment nachdenken,
den Klassenfeind sehen wollte?
Das Weiße in seinem Auge?
Den Klassenfeind
fertigmachen?
Wär dir wohl lieber gewesen?
Ich war bei denen,
weil ich eine Schmusebacke bin,
schon mein Papa sein starker Bart früher.
Ich war
unentbehrlich notwendig ausschlaggebend.
Kriechtier, Halbsteif,
respektive Feuchtschneck.
Eine Epoche halt,
ich epochemachend.
Keiner von den paar Festen,
ein Assoziierter,
da war ich einer von.
Am Tag als
das Regen kam,
war ich wieder Musiker.
Wird immer gebraucht.
Je schlechter die Zeiten,
desto musiker.

Leben Sie wohl,
Lutännent.
Wir müßten mal wieder
einen Krieg gewinnen,
oder wenigstens anfangen.
Was? Meinen Sie nicht?
Ich kauf mir jetzt einen Hut
und laß mir den Schnauzer von damals stehen.
Das einzige, was stört,
ist das Aluminiumbein.
Sonst könnte ich
die Tochter vom Güldenpeng heiraten.
Oder wenigstens auf Tuchfühlung gehen mit ihr.
Obwohl, sie hat schon einen.
Ein junger Kerl,
der nichts von der Welt gesehen hat.
Ihr Alter soll einen Safe haben,
hinter einem Ölbild.
Habe ich mich genug ausgedrückt?
Das einzige, was stört

na ja.
Leben Sie wohl
Lutännent.

Sag nur das Wort LEMUREN hin,
es scheinet ohne Sinn und Zweck.
Wie leicht du aber dich entfernst,
mit diesem Wort, du fliegest fort
nach Madagaskar in den Wald,
da ist es nicht so bitter kalt.
Du kommst von diesem Elend weg
das glaubest und das ahnst du nicht,
von deutschen Steuern, mal im Ernst,
und von dem scheiß Finanzgericht,
von fiesen Richtern und von sturen.
Probier es aus und sag: LEMUREN

LEMUREN

Gehen
herumgehen
stehen
wieder losgehen
auf und ab gehen
umsehen
auf den Boden sehen
wieder gehen
auf die Uhr sehen
in die Sonne sehen
in den Staub sehen
die ganze Straße hinaufsehen
umdrehen
die ganze Straße hinuntersehen
auf die Blumen
in der eigenen Hand
sehen.

Wiedersehen
Wiedersehen

Und vergessen haben
wen

Ein Doppel gemischt,
das mag isch nischt.

Ein Einzel gemischt,
das gibt es nischt.

Ein Ping Pong am Tisch
ist fürschterlisch.

Am allerbesten
mit Schiselawäng

sind immer noch Boris
und Meikel Tschäng.

8
ГОМДТ

Bummsen sagen wir, gell?
So ein staubiges,
splittereinreißendes Wort.
So ein Gepolter.
Ich habe es nicht gesagt,
ich kenne es vom Hören.
Nur dieses eine Mal,
hier: Bummsen.
Damit du eins meiner
Distanzierwörtchen lernst.

Deutschlandkapieren,
das kannst du üben
ewig und drei Tage.

Da kriegst du auch nicht mehr
nicht mehr raus
über uns.

´ß iß dumpfig im Stadl,
und warm ißt´s im Stall,
ja, i mog di mei Madl,
deine Augn ´ßan ßo prall.

Schau, der allerschönste fick
ist der beiheiläufick,
der halt net lang auf,
bloß a´n kloan Augenblick.

Jetzat mach ßie halt auf,
deine Hochalpenzwiebel,
denn der heufick, ja der heufick,
der iß a grad net übel.

Der Tapir rüsselte sieben Jahre
durch den Wald.

Willkürliche sieben,
das stimmt.

Länger versteckt
als andere plumpe Säuger.

Aber ja,
freilich rüsselte er,
er hatte ja einen Rüssel.
Hätte er ein Horn gehabt,
könnte man noch lange nicht sagen,
daß er durch den Wald gehornt wäre.

Das ist jetzt
mal so hingeschrieben.
Eine Eingebung.

Chaos gibt es nicht.
Chaos ist nur: uns entzogene Ordnung.
Ohne uns kein Chaos.
Chaos ist nur im Kleinen,
im Großen ist alles Ordnung.

Ordnung ist Überleben,
nur Lebendes braucht Ordnung.
Wo sie fehlt, wird nicht
oder nicht mit vollem
Extremitätensatz
überlebt.
Wo nicht überlebt werden muß,
fehlt Ordnung
nicht.

Nur der Mensch erkennt
und bewillkommnet sie.
Er allein fürchtet den Tod,
er allein fürchtet das Chaos.

»Ich spiele Gott
mit meine reine Herzen.
Ich danke Gott
für helfen mir tanzen.

Er ist so wunderschön.

Das, meine Finger,
ist Lotos,
und Biene kommt
zu Lotos.«

Oder so ähnlich,
gesagt von Sipra Guha.

Ich kann dich anknipsen wie eine Birne.
Und ausknipsen.
Du bist mir bequem,
ich erschaffe dich selbst.
Aus dem Nichts.
Ich brauche dich nicht.
Wärst du denn leidenschaftlich?
Wärst du verludert und geistreich?
Brauchst du einen?
Bist du bereit zur Sünde?
Sehnst du dich nach ihr?
Liest du meine Briefe,
in Angst und Gier geschrieben?
Hast du dir schon ans Herz gegriffen
oder zwischen die Haxen?
Wenn ich will,
greifst du dir hin.

An kann ich dich knipsen wie Licht.
Und aus.
Ich stelle mir vor, du leuchtest.

Der Mann,
den du verdienst
und nicht kriegst,
wird dein Leben gewesen sein.

Die Frau,
die deiner würdig
gewesen sein würde,
die du nicht gekriegt hast,
macht dein Leben aus.

Nichts
wäre nur weniger gewesen.

Die Wirre aus Klagenfurt,
die kann nicht hochkucken,
den Leuten nicht in die Augen
den Kameras nicht in die Linsen.

Dem Dichter in die
Pfeife gottbehüte vielleicht,
dem Genüßling, dem alten,
neugierig auf jedes Kränkeln.
Angst vor Furchtlosigkeit
hat der Kerl,
keß ist er gegen das
Ängstliche,
gegen das gemacht Ängstliche
sogar.

Selbsteinäscherung
bei lebendigem Wirrsinn,
ja, ja. Mythosarbeit.

(Der Sammlertrieb ist)
Göthe hat
(ist ein Ausdruck)
Göthe hat 56.000
(Ausdruck der)
56.000 Sammelstücke
(der Vorsorge)
Sammelstücke hinterlassen
(Edel war Göthe,
war hilfreich,
Vorratshalter
und gut).

Willst du denn,
Bürger,
mit Gemahlin,
die heißt meinetwegen Mukobrutz,
in der Königskutsch,
mit den Knien ganz nah
an den Knien der Kwien,
durch den arschkalten
Novemberpark von Windsor fahren?
Und dann aussteigen?
Abgekartet freundlich
zungenschnalzend – staun! –.
zu den Frierenden gehn?
Und sagen:
Danke für das Kreuz
zum auf die äh...Marienkirche draufstöpseln,
äh...Frauenkirche.
(Die habt ihr ja weggesemmelt.
Nicht die Marien-, die Frauen- wars ja.
Ihr dachtet, vielleicht steht Adolf
unter der Kuppel
mit der ganzen Munition.
Rrumms.)
Marien- Frauen-
war sowieso dieselbe gemeint.
Frau Jesus.
Äh...Wie hießen die mit Nachnamen?
Egal.

Und, Bürger,
jeden Tag so was?
Und deine Gemahlin Mukobrutz
hat den großen Hut auf,
einen deutschen, zum Gegenhalten,
und friert heimlich darunter?

Gib es zu, Bürger:
für kein Geld
und kein Schloß und keine
goldgeränderte Visitenkarte.

Er aber macht es.
Und, du kannst von Glück sagen,
gern.

Da müßtest du,
Bürger,
dein Vaterland
verdammich lieb haben.

Wer Frischkornbrei und kaltgeschlagne Öle,
gewachsne Wurzeln tut in seinen Mund,
wer saure Säfte kaut, auch wilde Samen,
der lebet lang und stirbet ganz gesund.

Wer morgens trockne Früchte ungesalzen,
gekeimte Blätter tilgt, voll Chlorophyll,
der kann als alter Sack noch Polka tanzen,
bevor auch er sich wandeln muß in Müll.

Auf seine Stärke wirkt die Amylase,
und die Protase setzt das Eiweiß um,
das Fett dankt seine Spaltung der Lipase,
wer das nicht wissen will, stirbt früh und dumm.

Das Sprossenmahl wird deinen Kreislauf treiben,
die Stoffe wechseln besser als zuvor.
Nie Gicht und nie Arteriosklerose,
du legst dich Jahre später erst aufs Ohr.

Das Blei ziehst du indessen mit dem Wasser
und mit der Luft den andern Mist dir rein,
der Roggenkeimling wird dein kleiner Killer,
du kriegst den Krebs ins Arschloch und gehst ein.

Schlufft ins Haus,
im Dämmer,
im Keller.
Gummistiefelliebend, das Gerätt.

Frühling, Sommer usw.
Die Körner runter,
stets den kleinen Eimer.
Schlufft im Haus,
schlufft im Keller,
die Ratte lugt.
Der Ratt und die Rättlein,
100köpfige Mischpoke lauert.

Barthaarflimmern,
Gummistiefel anschniefen,
aus allen Ritzen.
Nicht die Bohne Respekt,
gieriges Nagergesindel, dummes.
Da,
Allerheiligen,
den Gifteimer
Schschschütt...

100fachen frohen Leichnam.

Wo auf der Landkarte
eine Fliege
einen Punkt hinmacht,
und es ist Rußland,
da kannst du hinfahren
und trostlose
Filme drehen.
Über die Wodkamänner, die früh erkrankten,
und über die alten Frauen,
die unter ihren Schlägen
ihre Schönheit, ihre russische,
und den Gesang
verloren haben.

Onega
Archangelsk
Mesen
Narjan-Mar
Petschora
Mesen
Ust-Zelma
Onega
Oboserskaja
Onega
Kotlas
Amderma

Furchtbare Kinder.
Alle im Suff gezeugt,
Abschaum, Genosse Major.

Der da, schielt über
die Sommersprossen weg,
sagt nichts.
Der andere, zwei Segelohren,
zwei O–Beine.

Sag ich zu Sommersprosse,
ich sag: Na? Bist du Russe?

Sagt der: Was dachtest du? Japaner?
Der kleine Scheißer.

Sag ich: Und warum bist du
hier drin?

Sagt er: Vater die Kehle durchgeschnitten.

Sag ich: Und warum?

Sagt er: Hat Mamuschka totgeschlagen.

Alle im Suff gezeugt,
Genosse Major.

Schweig,
geh an die Arbeit.
Denkst du, denen da gehts besser
da in Neu York?
Oder Neu Mexico
oder wo?

Alles ist kaputt,
war ja nie ganz.
Keiner in dem Block
erinnert sich.
Ich frage Wanja,
wie eine Gurke aussieht.
Wie eine Apfelsine, sagt er.
Und weißt du, wie die aussieht?
Nein, sagt er, wie eine Gurke?
Weißt du, wie eine Gurke aussieht?
Nein, sagt er.

In der Schule kein Licht,
Im Gewächshaus kein Licht...
Sowjetmacht plus Elektrizität
gleich Kommunismus.
Einmal wußten sie,
wie Gurke aussieht.
Aber kennst du noch einen
von denen?

4,5v

Ein Knopf.
Holzfällerhemd? Kanadisch?
Drei Brusthaare unter den
Fingernägeln der Hand
am ausgestreckten Arm.
Außerhalb der Wachsschicht.
Gewaltsame Einwirkung Dritter.
Dritter?
Wer waren die Zweiten?
Ersticken nach Verschluß
von Nase und Rachenraum
durch Bienenwachs.
Eine Rarität.
Analyse des Mageninhalts.
Eierspeise,
gegebenenfalls Pfannkuchen
plus ca. 0,3 Liter Rotwein,
so weit verdaut.
Einnahme ca. 30 Minuten
vor Eintritt.

Ein schöner kurzer letzter Abend.

Fümm´vierzich/ sexnvierzich,
du & ich auf der
Mannesmannrheinseite,
auf der Wiese,
du,
ausm Kriech zurück
& ich
am Ufer,
auf der Schräge,
unter der dicken Maulbeerhecke.
Du einen Apfel, ich einen Apfel,
da drin unsere Zähne.
Du in ganz Ungelsheim
der einzige mit ein Fahrrad,
mit zwei alte Gartenschläuche
umme Räder.
Du mit deiner Saharageschichte,
wie du abgehaun bist
und nicht kradgemeldet hast.

Da,
hinter der Hecke,
ein Klappern.
Du hoch und durch, Onkel Erich.
Staubwolke weht über die Wiese.
In der Hecke dein Umriß,
wie ausgeschnitten.

Das Teuerste du nicht
klauen hast
lassen dir,
das Fahrrad.

Im Gegenteil,
dem Fremden seinerseits unterm Arsch
weg hast du´s gerissen,
du starker, du lachender,
gütiger Mann.

Und du,
wiesenwärts ziehender Heckenstaub,
blickfreigebender,
auf was?
Auf seine Silhouette,
auf Erich seine,
des Heckenmetz´ Umriß...

Oder wer war dabei
außer mir,
was andres zu behaupten?

Du brauchst so viel Mut
zum Weitermachen.
So viel ist dir
abhanden gekommen.

Die Ohren.
Wie dein Vater gelitten hat
ohne Gehör,
ohne Gesicht,
ohne Gefühl.
Alles verkrüppelt.
Welches Mißtrauen,
welche Wut.

Jetzt leidest du selbst.
Wie schön war der Lärm der Städte.
Die döfste Musik,
wie schön.

UNITED

Und führe uns nicht
in Versuchung,
wie auch wir
nicht in Versuchung führen.
Abends.

Die Verbrecher wollen keine Polizei
Die Amis wollen keine Nikotiniker
Der Papst will keine Pariser
Die Weißen wollen keine Neger
Die Mullahs wollen keine Gottlosen
Ich will keine Grützleberwurst

Hast du etwa einen,
mit dem du meine Träume
wahr machst?
Das würde mich
um den Verstand bringen,
oder um.
Oder zum Schweigen.

Keine Menschenseele
hab ich.
Will nicht andre Träume haben
neben dir.
Dir folge ich nach.

Wenn sie dich ans Kreuz binden,
küsse ich dich.
Ich wüßte, was ich tue.

Das Susaphon stammt nicht aus Susa,
aus Saxen nicht das Saxophon,
das Grammophon stammt nicht aus Grammo.
Das weißt du? So, das weißt du schon.

Du wirst nicht alt,
so alt du wirst.
Du weißt nicht viel,
so viel du weißt.
Du liebst nicht sehr,
so sehr du liebst.
Du fragst nicht gut,
so gut du fragst.
Du bleibst nicht da,
so da du bleibst.

Damen aus der Kutsche helfen
– Gibt ja keine –
ihnen die Schleppe schlenkern
und schleppen helfen

– Schleppe? Wo denn? –
sie durch den Unrat tragen
auf den Trottoirs
– Gibt es nicht mehr –
ihnen den wahren
Sinn des Lebens
meinetwegen zeigen
– Was? Wo? –
ihnen eine Brosche machen
aus deiner Schuhschnalle
– Ach, komm, Mann –
sie entführen,
dem Papa wegnehmen
und von Toulon
auf deiner Fregatte
in See stechen mit ihnen
– Spinner –
sie in eine Ohnmacht stürzen,
aus einer erlösen,
sie segnen,
Kreuz machen auf ihrer Stirn.

Alles dahin.
Alles dahin.

Hinter dem Sagen,
wo du meine Gewißheiten
passiert hast,
und ich deine,
dort in der Stille
dich verstehen.
Das ist
vielleicht
die Liebe.

Am Ende des Sagens,
weit dahinter,
dort, wo du meine Gewißheiten
überstanden hast
und ich deine,
dort in der Stille
sich verstehen,
das ist vielleicht
das Verlorene,
welches die Tiere behalten haben.

Der König ganz allein,
der arme König.
Der König im Exil,
der arme König.

Die Massen im Glück,
es lebe die Republik.

Pfaffen halten die Stellung,
Pfaffe küßt General,
General küßt Junker,
schnäbeln einander
die Ohrläppchen.
Flüstern in die Ohrwascheln:
der arme König.

Die Kinder machen
keine Augen zu
in den Kinderbettchen.

Die Kinder machen
so gerne Hapahapa,
und dann erst Heiaheia.

OEL

Die fliegen von der Steilküste runter,
die Autos, und **äx**
äxplodieren.
Brennende Geldkoffer.

Schauspieler drehen sich
in der Tür
nochmal um.
Und sagen was.
Nehmen die Brille ab,
dann kriegts mehr Wucht, denken die,
und sagen:
Ist das Ihr Ernst?
Oder: Dienstag??? Ich denke, Freitag!!!

Wenn einer auflegt,
kucken sie das Telefon an.
Nanu? So kucken sie.
Sagen aber nichts, höchstens: »Hallo? Hallo?«

Zielen mit Pistolen
furchtlos beidhändig herum.
Kucken auf die Uhr,
wenn sie warten spielen müssen.

Die Autos,
die Koffer,
die Schauspieler,
die Brillen,
die Uhren,
die Steilküsten.
Alles würg.
Äkschn!
Gesundheit!

Ne Eins mit 100 Nullen
oder gut 1000 Nullen.
So viele Planeten.

Und auf allen denen
nix los,
nirgends.

Bloß hier,
sonst nirgends, laß die quatschen.

Und dann noch
das Glück, daß du
dabei bist. Gerade du.

Dein Papa &
deine Mama treffen sich,
und raus kommst gerade du.
Hätten sonstwen na ja,
nein, aber dich.

Und so mördermäßig führst
du dich auf,
du GAZ,
größter anzunehmender Zufall.
Keiner kann verlangen, bleib deshalb cool,
daß du dich
leichten Herzens
vom Leben in den Dings äh du weißt schon.

Aber besser wärs.
Für die anderen
die schwindenden,
nicht erst Mensch Gewordenen.

Nicht Behinderte & Behinderte,
so fängts schon mal an.

Behinderte fühlen sich sowohl
als werden auch
aggressiv angeglotzt,
mitleidig angeglotzt,
heimlich angeglotzt,
es wird von ihnen weggeglotzt,
hinter ihnen hergeglotzt,
alte Schleimqualle oder was?
Mit Ekel angeglotzt,
lieb angeglotzt,
das mit Ekel Anglotzen wieder gutmachen.
Gefragt, ob sie schwerhörig sind:
Schwerhörig?
gefragt, ob sie Schmerzen haben:
Schmerzen?
Die nicht Behinderten halten sich
was drauf Zugute,
daß sie die Behinderten
so ...
anglotzen, als seien sie nicht behindert.
Wie Hinz & Kunz quasi.

Nicht Behinderte schämen sich schon mal,
weil sie nicht behindert sind.
Nicht Behinderte freuen sich schon mal,
daß sie nicht behindert sind.
Wollen nicht beim Glotzen erwischt werden,
wollen nicht beim Wegglotzen erwischt werden
und so weiter.
Das stört alles bloß.

Aus Brot bist du
entstanden, zu Brot
sollst du wieder
werden.

Aus Brot?

Ja, ist bloß
symbolisch gemeint.

Ach so.

Brot

Ich denke Wie
Ich denke Was
Ich denke ohne Unterlaß

Ich denke miff
Ich denke maff
Ich denke so gewissenhaff

Ich denke Ja
Ich denke Nein
Ich denke: du darfst zu mir rein

Ich denke flau
Ich denke lau
Ich denk präzise und genau

Ich denke schiel
Ich denke schal
Ich denk ich denke einfach mal

Verstehst du dein Leben,
was du damit treibst?
Weißt du, warum du
am Leben bleibst?

Weißt du, warum dir
der Piephahn noch steht?
Damit es weiter
und weitergeht?

Verstehst du die Welt noch?
Ich nämlich nicht.
Und das ist schon alles.
Ein kleines Gedicht.

わかりません

Du bringst nichts, Albert.
Du ju rimember sis teim,
wenn wi wär` in se Bänkhaus?
Da warn die Tüten leer gewesen,
außer deine Hosen,
die warn voll gewesen.

Die einzje Frau,
ju äwwer häd,
war tätowiert,
war auf dein schlappen Arm drauf gewesen.
Wenn ich dich nicht
auf meiner Guzzi
mitgenommen hätte,
im letzten Moment,
wärst du ein Verbrecher geworden.
Ich möchte nicht leben wie du,
mit dem toten Nachtwächter
an der Backe.
Du bringst nichts, Albert.

LESS THAN 100 SHARES
LESS THAN 100 SHARES

Sie haben ihn rausgefahndet,
den Könner.
Dem passiert wieder nix,
ist ja krank.
Ich bin nur ein armer Fleischersgesell,
gute Nacht, liebes Madel, gut Nacht.

Hat Ahnung,
säbelt Gliedmaßen.
Gibt alles zu.
Arme Beine und Kopf sauber weggesäbelt.
Und sortiert.
Die Haut abgezogen,
zwei Inseln stehen lassen.
Der liebe Gott hat
Inseln stehen lassen,
Palmen am Meer usw.
Kann ich auch.

War schon ein älteres Modell.
Und alles in den
Elbeseitenkanal.

60 (Sechs Null) Polizeitaucher,
gerade man fünf Grad, das Märzenwasser,
gehn rein in die Soße.

Arme tasten, Füße tasten,
den Kopf tasten,
den jedoch,
mitsamt den Ohrwascheln,
verschollen bleibenden.

Dabei steht im Testament,
daß man sie hernach verbrennt.

Ach was.
Wir wollen die Asche komplett. Basta.
Auf unsere Steuergroschen.
Da wohnen längst die
Aale drin, in dem Kopf.
Nix ist teurer,
als wenn irgendwo
ein Kopf fehlt.

Stell dir vor,
du wärst ein
alter deutscher Russ aus
Kasachstan.
Und hast ne Wattestepp
und einen Bart
und einen Zahn.

Jetzt bist du in Sibirien
ein Bahnhof ohne Schienen,
da wohnst du drin.
Wo dein Zuhause war,
weißt du nicht,
alles in Wodka eingelegt.
Und Frau und Kind im Wodka drin,
mußt zwei Schafe
und fünf Gänse
durch die Kälte kriegen.

Du frierst da
auf der Bahnstation.
Da bist du ganz schön
angeschmiert, da oben.
Was willst du noch sagen.
Dein Foto hat an
der Bestentafel gehangen
all die Jahre in
in ... eh ... Kasatschock oder was.
Kannst dû dir aufs
Grabkreuz kleben,
jetze.
Deine Frau hast du begraben.
Aber dich?

ько в сам конце

Mein Papa,
bis er stirbt,
denkt nur noch an seinen Darm.
In Gedanken
geht er durch seinen Darm,
um alle Ecken,
durch den Dünndarm,
da wird es eng, sagt er,
durch den Dickdarm,
da ist Platz, sagt er.
Und hinter dem Enddarm?
Muß die Freiheit
noch grenzenlos sein.
Sagt er.
Die letzte Sorge von ihm.

91 Jahre, 31 Zähne.
Aber essen tut er kein Bißchen mehr.

Drei Pferde hatte ich.
Zwei haben die mir
weggefressen.
Seht Ihr hier noch jemand, Herr?
Und doch,
sie streunen durch die Nacht,
fressen meine Lieblinge.
Sie waren leicht zu erkennen
im Schnee.
Eine Troika hätte ich
einschirren können.
Ich reite, seit ich vier bin.
Wenn sie mir den Braunen noch
wegfressen,
den einzigen, sterbe ich.
Dann will ich nicht
bleiben in
Kamtschatka.
Engel gibt´s gute im Himmel,
aber Menschen auf Erden?
Hier in Aktjabrski,
wo die Wälder fehlen,
ohne Licht
und mit keinem einzigen Pferd?

Mit den Menschen,
na,
kannst du einpacken.
Nix verabreden kannst du
mit denen.
Den paar Nashörnern noch
sägen sie die Dings ab.
Einen Ständer wollen sie
kriegen.
Sie essen Hände
und Füße,
abgehackt
von ihren Affenbrüdern,
so lange der
daß ich nicht lache: Vorrat
reicht.

Und mit dem Ständer
machen sie immer,
immer mehr von uns.

«Der letzte Ständer, ta ra, tata ra.»
Das wär mal ein Tango.
Ich hab gut reden.
Ich bin ja da.

In den Augen,
den umnachteten,
alles erkennen.
In den Augen sehen
das Unerlaubte.
In den schreienden stummen Augen.
Nicht runterkucken.
Hör den Atem,
das Stocken,
das Ersterben,
den Stillstand,
das Erwachen,
das Triefen,
das Ende.
Mußt nicht sehen
die Haut durchscheinen,
die eigene.
Ich mach das schon.
Das Geäder unter der Blässe,
das Gequaddel
unberührt lassen.
Nur wissen,
es ist da.
Alles ist in dem trüben Blick,
der geht in das Innere
von dir.

Gedichte sind **oft** kurz,
Gedichte sind **mal** nebulös,
mal rasch so hingehaun,
Gedichte sind **selten** dicht,
sind **gelegentlich** das,
was besser verschwiegen würde.
Gedichte sind **alle naslang** gesuchte Krümelworte.
Gedichte sind **mehrheitlich** nicht zu verstehen,
sind **viele Male** Hirnblasen oder
Hirnstaub oder
hirny.
Gedichte sind **kaum** aufgeräumt
sind **nie** so,
wie es sich gehört.
Gedichte gehen **immer** weg
wie keine warmen Semmeln.

et

Der Econ Verlag ist ein Unternehmen
der Econ & List Verlagsgruppe

Printed in Germany
Buchgestaltung: Klaus E. Göltz
Herstellung: Angelika Kerscher
Aufnahme, Schnitt und Mastering der CD:
TONstudio Ernst Bergner, Berlin-Buchholz
Lektorat: Krista Maria Schädlich
Lithographie: ScanColor Leipzig GmbH
Druck und Bindung: Westermann-Druck, Zwickau

ISBN 3-430-15728-5

Vorzugsausgaben:
Limitiert, mit signiertem Offsetdruck im Schuber
ISBN 3-430-15731-5

Limitiert, vom Autor signiert und mit signierter
Originalgraphik im Schmuckschuber
ISBN 3-430-15732-3